¡Hola, soy Minty!

Soy verde y huelo a menta.

Vivo en una planta.

Tengo una varita mágica bastante impertinente.

Soy pequeñita como una magdalena.

Si eres un niño o una niña, puede que me hayas visto alguna vez.

Si eres una madre o un padre, ya no podrás verme.

¡Soy una hada genial!

No hago hechizos pero sí ayudo a los niños a ser más felices.

A Jordi, Biel, Itziar, Mariona, Isolda y
Solomon. Y a mi hija Lara, que creyó
en la colección.

Gemma Lienas

Minty
El hada

Yo gano

Ilustraciones de Àfrica Fanlo

DESTINO

INERCIA FILMS
Film & TV Production Company

—¡Ualaaa! ¡Qué viento hace! —grita Pol.

—¿Y si vamos al jardín a hacer volar las cometas? —propone Noa.

Y los cuatro corren a la buhardilla para buscarlas.

—La tuya está en el armario, Mei.

Mei arrastra un taburete. Se sube en él, pero es demasiado bajita y no consigue cogerla. Se pone de puntillas, y tampoco llega.

—¡A ver si nos quedamos sin viento! —dice Noa en aquel momento.

—Mei, te esperamos en el jardín —la avisa Pol.

Y sale corriendo de la buhardilla. Y los demás, detrás de él.

Mei los ve irse y piensa que enseguida estará con ellos. Vuelve a ponerse de puntillas y casi toca la cometa. Pero cuando está a punto de cogerla, ¡pam!, la bombilla de la buhardilla explota y todo se queda a oscuras.

—¡Ayyyyyyyyyyyyyy! —grita Mei.

Mira alrededor pero no consigue ver nada. Está muerta de miedo, tanto que casi no se puede mover. El corazón le va muy de prisa: pam-pam, pam-pam, pam-pam...

Con mucho cuidado, porque siente las piernas como si fueran de algodón, baja del taburete.

No se atreve a caminar. ¿Y si hay algo escondido en la oscuridad?

—¿Hay alguien ahí? —pregunta con una voz que casi no se oye.

No contesta nadie, claro.

—¡Noa! ¡Pol! ¡Max!

¡Nada de nada!

Y, temblando, se decide a avanzar a tientas.

Todavía no ha tenido tiempo de llegar hasta la puerta cuando se enreda con una tela. Es una sábana, pero ella cree que es...

—¡Un fantasma! —grita muy alterada. Y siente que el corazón todavía le va más de prisa: pam-pam, pam-pam...

Sale disparada de la buhardilla, baja la escalera, atraviesa el comedor y se planta en el jardín con sus hermanos.

Se detiene para recobrar el aliento.

Pol, Noa y Max están haciendo volar sus cometas. «Jolín, qué bien se lo están pasando», piensa. Entonces, coge una muñeca y se pone a darle de comer con una cuchara.

Justo en aquel momento, siente un olor a menta y ve un montón de estrellas verdes. Es el hada Minty.

—Hola, Minty. ¿Quieres jugar? —le dice.

El hada hace un triple salto mortal desde una rama. Después, se sacude unas cuantas estrellas del vestido.

—¿Jugar a qué? —pregunta.

—A las muñecas —dice Mei—. ¿No lo ves?

—Sí, lo veo. Veo que juegas a las muñecas en vez de jugar con la cometa.

—A mí me parece bien jugar a las muñecas.

El hada se ríe por debajo de la nariz.

—Je, je. Seguro que sí... ¡Y todo por un fantasma de nada!

—¡¿De nada?! Pero ¡Minty! —le dice Mei indignada—. Era... muy grande.

El hada sonríe amablemente y le acaricia la cabeza. Después mira hacia Max, Noa y Pol, que se lo están pasando bomba estirando el cordel de las cometas, que planean con el viento.

—Ya veo —dice Minty—. ¿Lo bastante grande como para que te quedes aquí, debajo del árbol, mientras ellos se divierten con las cometas?

Mei suspira y suelta la cuchara.

—Tienes razón, Minty —le dice—. Me gustaría más jugar con ellos, pero no me atrevo a subir a la buhardilla a recoger mi cometa.

—¿Eso quiere decir que te olvidarás de ella para siempre jamás? —dice Minty.

—¿Para siempre jamás? —dice Mei, arrugando mucho las cejas—. ¡No! ¡Claro que no!

—Entonces, tendrás que encontrar una solución para subir a la buhardilla.

Mei piensa unos segundos y, después, una sonrisa inmensa se le dibuja en la cara.

—Ya sé cómo lo haré, Minty. —Y se vuelve hacia sus hermanos y les grita—: ¿Alguien me acompaña a buscar la cometa a la buhardilla?

—Pero Mei, ¡no seas tan pánfila! —dice Pol—. Ve tú sola, anda.

—Sí. Ahora no podemos acompañarte —dice Max, que sujeta el cordel de su cometa con los dos pies clavados en el suelo.

—Es que he visto un fantasma y me da miedo ir sola.

—¿Un fantasma? —dice Noa—. Anda, tonta, si los fantasmas no existen.

Mei vuelve a acercarse al árbol donde está Minty.

—Tú tampoco quieres acompañarme, ¿verdad?

Minty le dice que no con la cabeza y después añade:

—No, tienes que ir tú sola.

—¿Sola?

—Sola. Porque contra el miedo tienes que luchar tú.

—¿Luchar? ¿Qué quieres decir con eso?

—Pues ser valiente, enfrentarte al miedo y luchar hasta que seas más fuerte que él.

A Mei se le iluminan los ojos.

—¡Ya lo he entendido! —dice—. Tengo que luchar. ¡Sígueme!

Y echa a correr.

Unos minutos más tarde, Minty llega a la puerta de la buhardilla. Está cerrada y, delante, se encuentra Mei vestida con un quimono blanco y un cinturón verde. Está en posición de defensa de kárate.

—¡Kiaiiiiii! —grita Mei con voz feroz.

—¡Jolín, jolín! —dice Minty alterada—. Se lo ha tomado al pie de la letra. No ha entendido qué quiere decir luchar contra el miedo.

Mei coge aire y, de un golpe, abre la puerta. Con un gran salto, entra en la buhardilla, mientras, con voz salvaje, vuelve a gritar:

—¡Kiaiiiiii! —Y entonces se queda petrificada.

Todos los muebles están cubiertos con sábanas, de manera que Mei se encuentra con que...

—No hay un fantasma... ¡Ahora hay un montón! —El corazón le salta como un caballo dentro del pecho y tiene los pelos de punta. Entonces, sale corriendo mientras grita—: ¡Que alguien me ayudeeeeee!

Huye a la carrera, baja la escalera y entra en su habitación. Antes de que pueda cerrar la puerta, Minty se cuela dentro.

—¡Uf! —dice el hada, a quien le ha ido de un pelo no pillarse los dedos. Y, después, se da la vuelta y busca a la niña, pero no la ve—. ¿Mei?

De debajo de la cama se oye la voz temblorosa de Mei.

—Me da igual la cometa. No quiero jugar.

—¡Ah! Está bien —dice Minty—. Quizá te tendrás que quedar ahí debajo para siempre jamás.

—¿Qué quieres decir? —pregunta Mei sacando la cabeza.

—Que hoy te dan miedo los fantasmas y la oscuridad. Y mañana, quizá te darán miedo los perros o los aviones. Y pasado mañana, quizá serán los mosquitos...

—Pero debajo de la cama estoy segura. Nadie me hará nada.

—¡Oh! ¡Claro! Debajo de la cama estás muy segura. Y te tendrás que quedar ahí para siempre jamás, porque el miedo cada día será algo más grande y lo ocupará todo.

—Bien... —dice Mei, que piensa que al menos ahí debajo no tiene miedo.

—Pero quizá tendrás que despedirte de todas las cosas geniales que hay fuera...

—¿De verdad? —dice Mei saliendo con cara de preocupación.

—Claro que sí.

—¿De los espaguetis de mamá? —responde Mei con voz sorprendida.

—Por ejemplo —responde Minty.

—¿O de mi patinete? —pregunta Mei más preocupada todavía.

—Y más cosas...

—Me parece que no tengo ganas de perderme todo eso.

—Pues ya sabes lo que tienes que hacer.

—Luchar. Pero es que no sé cómo...

—Lo mejor —dice Minty— es que te convenzas de que tú eres más fuerte que el miedo, de que tú puedes vencerlo.

—¡Voy a ganar! —dice Mei saliendo de debajo de la cama.

—Además, es bueno conocer al enemigo.

—Pues yo no sé cómo era. Estaba todo tan oscuro... Pero ¡ya sé lo que haré!

Mei rebusca en un cajón y echa a correr escalera arriba.

Minty tiene el tiempo justo de llegar a la buhardilla y verla entrar.

—¡Glups! —dice Mei, tragando saliva—. Ahora nos veremos las caras, fantasmas de mentirijillas. ¡Yo gano!

Y antes de acabar de decirlo siente que respira mejor y que no tiene tanto miedo. Entonces, enciende la linterna que se saca del bolsillo y enfoca a uno de los fantasmas.

—¡Ajá! Ya te tengo —dice acercándose con la linterna—. ¡Jolín! Si este fantasma se parece a mi cama cuando está deshecha...

Mei se acerca todavía más.

—¡Anda! Si sólo es una sábana vieja...

—Ya no da tanto miedo, ¿verdad? —pregunta Minty, que va detrás de ella.

—Pues no —dice Mei, que en aquel momento tira de la tela y deja al descubierto un perchero—. No da nada de miedo, porque es un perchero tapado con una sábana. ¡Ja, ja, ja!

Minty va quitando las demás sábanas ayudada por *Tuga*.

—¡Jolín! Si sólo son muebles viejos tapados —ríe Mei—. Je, je.

—Ya ves que de cerca, tus fantasmas sólo dan risa. Esto es lo que pasa a menudo con los miedos cuando les haces frente —dice Minty. Y añade—: Ahora ya puedes ir a jugar con la cometa, ¿eh?

—¿Me ayudas a cogerla? Es que no llego —dice Mei.

Minty le da un golpe de varita a la cometa y ésta va a parar a las manos de Mei.

La niña no pierde ni un segundo: baja corriendo al jardín para jugar con sus hermanos.

—¡Qué bien que hayas venido con nosotros!

—¡Qué bien no haberme quedado debajo de la cama! —dice Mei.

—¿Qué? —pregunta Noa.

—Nada, nada —dice su hermana, partiéndose de risa.

Mei le guiña un ojo a Minty, que sonríe subida de nuevo a la rama del árbol.

Actividades de *Yo gano*.

Objetivo

El objetivo de *Yo gano* es aprender a vencer el miedo y no dejar que nos invada cada vez más.

Qué es el miedo y cómo reaccionamos cuando lo sentimos

El miedo es una emoción que experimentamos cuando nos encontramos ante un peligro real. Entonces decimos: «tengo miedo». Cuando nos enfrentamos a una situación de peligro, las personas estamos preparadas para poder huir. En caso de que la huida no sea posible, entonces tenemos que prepararnos para hacerle frente.

A menudo, los niños (¡y también las persones adultas!) tienen miedo de peligros imaginarios. En este caso, también pueden o bien huir o bien hacer frente al peligro. Muchas veces, huir no resuelve el problema sino que lo amplifica. Un niño que tiene miedo de ir solo al otro lado del piso porque está oscuro, quizá después tendrá miedo de dormir con la luz apagada y, más adelante, de dormir solo en la cama. El cuento intenta proporcionar recursos para hacer frente al miedo.

Para trabajar este cuento

Es importante leerle el cuento al niño. Si se quiere (o si se puede), vale la pena hacerlo cambiando la voz según los personajes, acompañándose de gestos...

A medida que avanzamos en la lectura del cuento, hay que ir haciéndole preguntas para comprobar que lo ha comprendido. ¿Por qué se asusta Mei cuando explota la bombilla? ¿Por qué piensa que hay un fantasma cuando se encuentra con la sábana? ¿Por qué les pide a sus hermanos que la acompañen a la buhardilla? ¿Entiende bien lo que le dice Minty cuando le explica que tiene que luchar contra el miedo? Si huye del miedo y se queda debajo de la cama, ¿podrá hacer todas las cosas que le gustan? ¿Qué consejo le da Minty para que pueda enfrentarse al miedo? ¿Qué pasa cuando Mei pone en práctica el consejo de Minty?

Otras actividades

Podéis hacer diferentes actividades en torno al miedo, siempre en función de la edad del niño.
1. Observar qué cara ponemos y qué gestos hacemos cuando tenemos miedo. Dibujar caras de miedo.
2. Observar qué sensaciones invaden nuestro cuerpo cuando tenemos miedo: ¿qué sentimos en la barriga? ¿Cómo nos va el corazón? ¿Nos sudan las manos?
3. Hacer una lista de cosas que nos den miedo. ¿Por qué nos dan miedo?
4. Hacer un dibujo de cada una de las situaciones anteriores. Proponernos hacer frente a una de esas situaciones y pensar de qué manera podríamos ganar al miedo en este caso.
5. Preguntar a otros familiares cuáles son sus miedos y cómo les hacen frente. ¿Y los miedos que tenían cuando eran pequeños?

DESTINO INFANTIL Y JUVENIL, 2013
infoinfantilyjuvenil@planeta.es
www.planetadelibrosinfantilyjuvenil.com
www.planetadelibros.com
Editado por Editorial Planeta, S. A.

Adaptación de las ilustraciones: Sandra Guirado y Eva Morales

Primera edición: septiembre de 2013
Fotocomposición: Víctor Igual, s.l.u.
ISBN: 978-84-08-11936-4
Depósito legal: B. 17.285-2013
Impresión: Egedsa